돈이라는 문제

b판시선 032

하종오 시집

# 돈이라는 문제

도서출판 b

이 시집에 실린 연작시*는 가장 비시적인 주제이며 소재인 돈에 관한 시이며, 돈이 없으면 살아갈 수 없는, 그래서 돈을 벌고 써야 하는 사람들에 관한 시이며, 빈부와 흥망성쇠와 희로애락과 생사가 돈으로 조정되고 관리되는 한국사회에 관한 시이다.

돈에는 감정이나 생각이나 이념이 없으나 돈을 가진 자들에게는 감정이나 생각이나 이념이 있어, 돈을 도구나 수단이나 방법으로 삼아 돈을 가지지 않은 자들을 돕거나 괴롭히거나 외면한다.

가족의 음식과 의복과 거처를 장만하려면 돈이 있어야 하고, 외출이나 여행을 하려면 돈이 있어야 하고, 책을 구매하려면 돈이 있어야 하고, 아! 이 시집 『돈이라는 문제』를 사서 읽으려 해도 돈이 있어야 한다.

이러한 돈에 대한 이 시들을 쓰기 전까지 나는 왜 돈을 가장 비시적인 주제이며 소재라고 단정했을까? 돈과 관련된 언어가 헤아릴 수 없이 많다.

　돈 있는 자가 돈을 의롭게 이롭게 쓰지 않는다면 돈이 없는 자와 같다.


하종오


* 비록 번호가 붙여진 연작시지만 시집이 펼쳐지는 대로 읽어도 무방하다. 돈이란 것이 사람들에게 어떤 순서대로 빌리거나 쓰이거나 생겨나거나 사라지는 것이 아니므로 이 연작시의 순서에도 의미가 있을 수 없다. 이 연작시는 2018년 10월 말과 12월 초 사이에 썼음을 부기해 둔다.

| 차 례 |

# 돈이라는 문제·1

상징이라고 말하면
시에서 꽃이나 바람이나 돌멩이가 상징이 되는 줄 알던 내가
일상에서 부자에게는 돈이 상징이 되는 줄 처음 알았다

무엇에게서든 누구에게서든
내가 상징이다,라고 하는 말을
내가 상징일 수 있다,라고 하는 말을
나는 듣지 못했다

무엇이든 누구든
나를 상징한다,라는 말을
나를 상징할 수 있다,라는 말을
나는 하지 않았다

일상에서 돈을 상징으로 삼는 부자와
시에서 꽃이나 바람이나 돌멩이를 상징으로 삼는 나는
한자리에서 만나 상징에 관해 나눌 말거리가 없었다

무엇도 누구도 말하지 못할 것이다

무엇도 누구도 말하지 않을 것이다

내가 돈을 상징으로 삼는 일상인이 될 수 있다,고

부자가 꽃이나 바람이나 돌멩이를 상징으로 삼는 시인이

될 수 있다,고

# 돈이라는 문제·2

아빠, 돈을 어떻게 벌어요?
어렸던 내가 아버지에게 하지 못했던 질문을
어린 아들이 나에게 한 적 있었다

나는 아버지가 돈을 벌었던 방법을 모른다
직장을 다니지 않았고
글을 쓰지 못했으므로
내가 할 줄 모르는 방법,
도라꾸 운전을 하여 번 돈으로
나는 시를 공부하였다

내가 돈을 번 방법은 두 가지,
집에서 밤에 시를 써서 원고료 받는 방법과
출판사에 취직해 낮에 일하고 봉급 받는 방법,
이 두 가지 중에서
전자의 방법으로 번 돈으로는
나는 읽고 싶은 책도 다 못 샀고
후자의 방법으로 번 돈으로는

아들이 작곡 공부를 하였다

성인이 되어 결혼하고 분가한 아들은
내가 할 줄 모르는 방법,
곡을 써서 번 돈만으로
자식에게 어떤 공부를 시켜서
돈을 벌며 살 수 있게 할 것인가

# 돈이라는 문제·3

내가 사진이나 글로 말고는
실제로 본 적 없는
일제식민지시대와 육이오전쟁을 견디며 겨우 일군
가산이 기울어졌을 때
집마저 비워주고 나온 아버지는
요즘 내 나이에 들어
자식들 집을 전전했다

누구나 할 수 있다는 실수나
누구나 할 수 있다는 실패를
나도 하면서
산업화시대와 아이엠에프 시절을 지내며 겨우 모은
가산이 야금야금 줄어드는 노년,
뒷날을 근심 걱정하다가
지난날을 되돌아보며 반성하다가
자신의 의지대로 돈을 벌 수 없는 나이에 이르러
자신의 의지대로 돈이 벌리지 않는 나이에 이르러
아버지가 살아냈을 간난의 나날을

나도 살아내야 한다는
부자간에 반복되는 생에 처연해진다


아버지는 마지막으로
내 집에 와서 몇 달 머물다가
이 세상에서 영영 떠나셨다

# 돈이라는 문제 · 4

원화와 달러화와 위안화와 엔화와는
전혀 환전되지 않는 개인화폐로
나는 하종오화貨를 만들겠다

내가 여럿, 가능하다면
나를 수천 명쯤 생겨나게 해서
한 동네를 이루게 될 때,
수천 명의 나는
하찮은 일을 하고서도
하종오화를 받아서
폼 나게 쓸 수 있다

시를 쓰는 나는 집안 청소하는 나에게
1,000하종오를 줄 수 있고,
청소하는 나는 길에서 짐을 들어주는 나에게
700하종오를 줄 수 있고,
짐을 들어주는 나는 나의 손자와 놀아주는 나에게
500하종오를 줄 수 있고,

나의 손자와 놀아주는 나는 시를 낭송하는 나에게
300하종오를 줄 수 있다

당신이 나에게 노래 한 곡을 불러준다면
나는 당신에게 1,000하종오를 지불할 것이다
당신이 나에게 1,000하종오를 지불하면
나는 당신에게 그림 한 장을 그려줄 것이다

당신도 여럿, 가능하다면
당신을 수천 명쯤 생겨나게 해서
한 동네를 이루게 될 때,
하종오화하고만 환전되는 개인화폐로
당신화貨를 만들면 좋겠다

# 돈이라는 문제·5

내가 하종오화(貨)를 만들고 나서
당신이 당신화(貨)를 만들 때
하종오화와 당신화를
1:1로 환전하리라는 건
나와 당신만의 소망일지도 모른다

수많은 하종오가 하종오화를 사용하다 보면
그중에는 골빈 하종오가 있을 수 있어
최상의 가치 있는 개인화폐로 만들려고
온갖 헛짓거리 할 수도 있고,
수많은 당신이 당신화를 사용하다 보면
그중에는 골때리는 당신이 있을 수 있어
최상의 가치 있는 개인화폐로 만들려고
온갖 헛짓거리 할 수도 있다

그러다 보면 하종오화와 당신화를
1:1로 환전하면 큰 손해 본다는 망상을
일부의 하종오와 일부의 당신이 할 수도 있고

1:1로 환전하면 큰 이익 본다는 망상을
다른 일부의 하종오와 다른 일부의 당신이 할 수도 있다

그리하여 하종오화와 당신화가
실제로 돈이 되는 수가 생기게 되면
내가 하종오화로 이루고 싶은 세상에서
당신이 당신화로 이루고 싶은 세상에서
최상의 가치 있는 세계 화폐로 만들어져 있는
원화와 달러화와 위안화와 엔화와
너무 수월하게 환전될지도 모른다

# 돈이라는 문제 · 6

돈이 되어야
신랑이 될 수 있다는 걸
남자가 알게 되었다

돈이 되어야
신부가 될 수 있다는 걸
여자가 알게 되었다

남자와 여자가 만나 결혼하려 했을 때
인간이라는 사실만으로는 불가능하였다

모두 이미 돈이 되어 있는 주변인들을 본
남자와 여자는 돈이 되기 위해서
돈을 좋아해야 돈이 될 수 있다는
돈을 사랑해야 돈이 될 수 있다는
주변인들의 말을 따랐다

남자는 돈을 여자보다 더 좋아하고 사랑하고

여자는 돈을 남자보다 더 좋아하고 사랑하여
바야흐로 돈이 된 남자와 여자는
신랑과 신부로 성혼하여
돈으로 잉태된 자식을 낳았다

# 돈이라는 문제·7

바지주머니에 넣어 다니는 지갑 속 신용카드는
내가 들린 장소와
내가 만난 사람과
내가 한 언행을
모두 기록해 두었다가
한 달에 한 번씩 명세서를 작성하여
나에게 들이댄다

내가 가본 적도 없는 장소에서
내가 만나본 적도 없는 사람 때문에
내가 한 적도 없는 언행으로 인해
졸지에 피의자로 누명을 쓴다면
알리바이를 대줄 수 있는 신용카드를
지갑 속에 안전하게 간직하려고
때로는 웃옷 안주머니에 넣어 다니기도 하므로
내가 들린 식당에서 먹은 음식과
내가 만난 사람이 가진 직업과
내가 한 언행이 양심에 반하는지 여부를

신용카드는 너무나 잘 파악하고 있다

오늘 나는 조심스레 집을 나와
지갑 속에서 신용카드를 꺼내
버스를 타고 교통비를 결제하고
서점에서 책값을 결제하고
마트에서 물품대금을 결제하고
당당하게 집으로 돌아왔다

# 돈이라는 문제·8

동전과 지폐와 신용카드는
나를 부추긴다

동전은 나에게 편지를 써들고 우체국에 가게 해서
우표를 사 붙여 보내게 하고,
지폐는 나에게 시장에 가게 해서
좌판에서 파는 과일을 사들고 오게 하고,
신용카드는 나에게 승용차를 운전하게 해서
먼 여행지를 다니다가 주유를 하게 한다

나는 동전이 쓰고 싶어져
누군가에게 보내는 편지를 써들고 우체국에 가서
우표를 사 붙여 보내고,
나는 지폐가 쓰고 싶어져
누군가와 함께 시장에 나가서
좌판에서 파는 과일을 사들고 오고
나는 신용카드가 쓰고 싶어져
누군가를 태운 승용차를 운전해서

먼 여행지를 다니다가 주유를 한다

동전과 지폐와 신용카드는
빨리 꺼내질 수 있도록
웃옷 주머니나 바지 주머니에 넣어져 있으려 하고
나도 동전과 지폐와 신용카드를
빨리 꺼낼 수 있도록
웃옷 주머니나 바지 주머니에 넣어둔다

# 돈이라는 문제 · 9

신용카드는 위장한다
돈의 향기를 바꾸고
돈의 색깔을 바꾸고
돈의 모양을 바꾼다
향기가 다른 꽃송이로
색깔이 다른 나무로
모양이 다른 무늬로
수시로 다르게 바꾸다가
결국 소지자의 얼굴로 위장한다
소지자가 겸손하거나 거만하면
신용카드도 겸손해지거나 거만해져서
계산원에게 겸손하게 대하거나 거만하게 대한다
소지자가 결제를 즐기는 순간,
신용카드가 드디어
향기가 진한 꽃송이를 지우고
색깔이 푸른 나무를 지우고
모양이 둥근 무늬를 지우고,
계산원은 드디어

돈의 향기를 알게 되고
돈의 색깔을 알게 되고
돈의 모양을 알게 된다

# 돈이라는 문제 · 10

뒷면에 초고를 쓴 원고지를 접어서
역시 접은 지폐와 함께
바지 주머니에 넣고
길에 잃어버리지 않으려고
두 손을 찔러 넣은 채 다니던
젊은 나날이 가버렸다

시는 돈이 되지 않는다,는
돈은 시가 되지 않는다,는
사실이거나 진실인 문장을 써놓고도
시를 써야 할지 돈을 벌어야 할지
의문하던 중년의 나날이 가버렸다

원고지와 지폐를 한 주머니에 보관하였던 젊은 날을 기억하
고
시 쓰기와 돈벌이 사이를 왔다갔다하던 중년의 날을 기억하
고
시가 돈이 된다,는 어불성설과

돈이 시가 된다,는 언어도단을
믿는 노년의 나날이 와버렸다

지폐가 없어도 물건을 살 수 있는 오늘,
원고지가 없어도 글을 쓸 수 있는 오늘,
핸드폰으로 대금을 지불하고
핸드폰에다 시작詩作해 보관한다

# 돈이라는 문제·11

돈을 잃고 시를 쓴다,는
구절은 시적인가 비시적인가

누구에게든 돈은 소중한 법,
웬만큼 산 노년 시절에
돈이 인간을 구한다는
말에 사로잡힌다
이슬람 수니파와 시아파가 전쟁하는
예멘에서 제주로 피난한 예멘인들이
돈을 벌어야 밥을 해먹고 살 수 있는
실정을 보는 요즘엔
더욱 그렇다
물론 돈의 입장에서
자본주의 한가운데 있는
한국인들을 봐도 마찬가지……

누군가 잃은 돈은
다른 누군가한테로 돌아간다

나는 돈을 잃고 시를 쓴다,는
구절은 시적인가 비시적인가
내가 잃은 돈은 누군가한테로 돌아갔고
내가 쓴 시는 누군가한테도 돌아가지 않았다

# 돈이라는 문제 · 12

돈벌이가 되지 않는 시를
더 잘 쓰기 위하여
봉급을 후하게 주던
직장을 그만두었었다

겨우 두세 달 살아갈 여웃돈을
어쩌면 시 몇 편 써낼 나날에
어쩌면 시 한 편도 못 써낼 나날에
생계비로 쓰기로 작정하고 나서도
불안하지 않았었다

돈보다 시가 더 가치 있다는,
돈 벌기와 시 쓰기는 양립할 수 없다는,
이 두 가지 믿음이
실직 생활을 밀어갔었고
창작 생활을 끌어당겨갔었다

시를 쓰던 동안엔 돈을 벌지 못하던 시인 노릇을

돈을 벌던 동안엔 시를 쓰지 못하던 직장인 행세를
나는 되풀이 번갈아하여
마침내 이렇게
돈에 관한 시를 여러 편 쓰게 되었다

# 돈이라는 문제 · 13

돈에 관해 써진 나의 시는
앞날에 먹을 양식 살 돈이 모자라서
내가 계산하고 있으면
행과 행 사이에 나를 불러들여서
돈을 좀 주겠다고 다독이며
시를 좀 더 잘 쓰라고 말하고,
빈터에 유실수를 사다 심을 돈을 모으려고
내가 벼르고 있으면
문장과 문장 사이에 나를 불러들여서
돈을 좀 주겠다고 다독이며
시를 좀 더 잘 쓰라고 말하고
누구에게나 선물할 시집을 사들일 수 있도록
내가 돈을 많이 벌려고 궁리하면
연과 연 사이에 나를 불러들여서
돈을 좀 주겠다고 다독이며
시를 좀 더 잘 쓰라고 말한다

돈에 관해 써진 나의 시가

정말 돈을 지니고 있을까마는
나에게 좀 주겠다고 다독이며
시를 좀 더 잘 쓰라고 말할 적마다
나는 돈에 관해 쓴 나의 시를
행과 행 사이에서 읽고 또 읽고도
문장과 문장 사이에서 읽고 또 읽고도
연과 연 사이에서 읽고 또 읽고도
퇴고할 구절을 발견하지 못한다

# 돈이라는 문제·14

내가 너무 천한지
내가 너무 귀한지
나로 변한 돈과
돈으로 변한 내가
손잡고 집 나와서
거리 걷다가
모자가게 들러
최신 모자 사 쓰고는
또 거리 걷다가
커피전문점에 들러
아메리카노 한 잔 사 마시고는
또 거리 걷다가
편의점 들러
소주 한 병 사 들고는
또 거리 걷다가
지하도 입구에서
재활노숙자가 파는 잡지 여러 권 값 건네고는
한 권도 받지 않고

또 거리 걷다가
도로변 근린공원 벤치마다
돈이 된 사람들과
사람이 된 돈들이
마주앉아 중구난방 떠들어대는
그 틈바구니 빈 벤치 찾아 앉아
벚꽃, 벚꽃, 벚꽃,
난
분
분,
벚꽃, 벚꽃, 벚꽃,
난
분
분,
벚나무 올려다보면서
소주잔 주거니 받거니 하고는
또 거리 걷다가
마트에 들러

카트 밀면서

그동안 먹어보지 못한 식료품

그동안 가져보지 못한 잡화류

그동안 입어보지 못한 의류

가득 싣고 계산하는데

나로 변한 돈이 몇 푼 되지 않았는지

호주머니가 바닥나고

돈으로 변한 내가 몇 푼 되지 않았는지

호주머니가 바닥나서

빈털터리가 된 나와

내가 된 빈털터리는

빈손 잡고 나와서

다시 거리 걷다가

집으로 돌아와서

오늘 한 짓거리 다 본 나에게 계면쩍어해

나는 세수하고 밥 한 술 뜨고 잠이나 자자고 토닥여주었다

# 돈이라는 문제·15


느티나무는 땅에 뿌리 내리며 살면서
자릿세로 새들에게 가지를 내주었나?

새들은 공중에 오르내리며 살면서
자릿세로 바람에게 날개를 내주었나?

바람은 흙먼지를 일으키며 살면서
자릿세로 사람에게 맨바닥을 내주었나?

나는 느티나무와 새들과 바람 사이에 살기 위해
자릿세로 땅주인에게 땅값을 지불했다

# 돈이라는 문제 · 16

토박이에게 시집온 지 50년 넘는
이웃아주머니는 마을에서 자라는
유실수라면 훤히 꿰었다
큰길가 감나무 감은 달다
밭둑길가 자두나무 자두는 시다
마을길가 복숭아나무 복숭아는 물맛이다
이런 과일들부터
산중턱 상수리나무 상수리는 묵 쑤면 떫다
동구涧口 은행나무 은행은 구우면 고소하다
경로당 무화과나무 무화과는 씹으면 밍밍하다
이런 열매들까지
이웃아주머니가 맛을 아주 잘 아는 건
그것들을 주워서 장에 내다 팔아
잔돈푼을 벌어봤기 때문이었다
논밭농사 지어서 생긴 목돈은
남편이 다 챙겨 농협에 예금하니
시골에서 안살림살이를 하려면
50년 내내 그 방법밖에 없었던 것이다

자기네 집 둘레에 심은 여러 그루,

매실나무들 중에선 앞마당에 있는 매실나무에서 열리는
매실

대추나무들 중에선 모퉁이에 있는 대추나무에서 열리는
대추

밤나무 중에선 뒤꼍에 있는 밤나무에서 열리는 밤

가장 맛있어 팔지 않고 먹는다

# 돈이라는 문제 · 17

남한주민과 북한주민이 만나는 데
먼저 써야 할 돈이라면
고속열차로 오갈 수 있는 철로를 놓는 비용이라고
승용차로 오갈 수 있는 고속도로를 닦는 비용이라고
흔히들 생각하겠지만,
더 많은 돈을 벌려고 북한으로 올라가고
더 많은 돈을 벌려고 남한으로 내려오는
남한주민과 북한주민을 위한 비용보다
날마다 졸였던 가슴을 풀어주는 비용
오랜 날 적대했던 마음을 달래주는 비용
한 가지 더,
육이오 전쟁 때 죽은 남북주민들의 영혼을 위무하는 비용이
라고
나는 생각한다
지출 세목을 더하여 보탠다면
남한주민과 북한주민이
서로의 음식을 내놓고 좀 더 먹고 놀 수 있는 장소를 만드는
비용부터

서로의 사투리로 지껄이며 좀 더 왁자지껄 떠들 수 있는
시간을 만드는 비용까지,
　굳이 지불 대상을 적는다면
　일부러 돈을 주지 않아도 별 탈 없는 여기저기 늘 있어
온 강과 산
　일부러 돈을 주지 않아도 별 탈 없는 여기 떴다가 저기
지는 해와 달

# 돈이라는 문제·18


동남아노동자들을 돈 벌러
한국에 온 사람들로 묘사한
내 시를 읽은 평론가 C씨가
단결하지 않고 투쟁하지 않는
동남아노동자들을 그렸다고 비판했다
현실에선 동남아노동자들이
제각각 살아갈지라도
시인이 쓰는 시 속에서는
단결하고 투쟁해야 한다는 것이다

돈 벌 목적이 아니었다면
한국에 오지 않았을 동남아노동자들,
국적이 다르고 언어가 달라서
단결하고 투쟁하려면
대다수가 한국어를 사용해야 하지만
굳이 말하지 않으면서도 일할 수 있고
봉급을 받을 수 있는 동남아노동자들이
단결하고 투쟁하다가

돈이 떨어지면 빌릴 데가 없어
당장 끼니도 잇지 못하고
추방당하는 처지가 된다는 걸
아예 생각하지 못한 평론가 C씨를
나는 속으로 코웃음 쳤다

# 돈이라는 문제 · 19

전쟁을 피해 온 예멘인은 진짜 난민이고
돈을 벌러 온 예멘인은 가짜 난민이라고
일부 한국인이 하는 말은 좀 황당하다고
아흐마드 씨는 생각하기도 했다

제주에 와서 난민신청한 아흐마드 씨는
살아남기 위해 전쟁을 피해 왔어도
살아남기 위해 돈을 벌지 않으면 안 되었다
예멘에서는 전쟁 중에도
예멘인들은 양식을 마련하려고
농사를 지었고 장사를 했고
아, 그리고 젊은이들은 군인으로 참전도 했다
보통 예멘인들을 절망케 한
이슬람 수니파도 돈이 없으면 무기를 살 수 없고
이슬람 시아파도 돈이 없으면 무기를 살 수 없어
전쟁을 계속할 수 없게 되므로
돈을 벌기 위해 전쟁을 계속한다고
아흐마드 씨는 생각하기도 했다

사람들 속에서 살아남기 위해선
사람들이 일으키는 전쟁도 피해야 하고
사람들이 쓰는 돈도 벌어야 하는 것이 사람,
예멘인들도 한국인들도 그런 사람들이라고
예멘에도 한국에도 그런 사람들이 산다고
아흐마드 씨는 생각하기도 했다

# 돈이라는 문제·20

중국인이 불법체류자로 제주에 머물든
예멘인이 난민신청하러 제주에 왔든
감귤 농장주 홍씨는 묻지 않았다
자신이 하는 말을 알아듣고
그저 시키는 대로 일하는 막일꾼,
인건비가 싼 막일꾼을 선호했다

예멘인도 막일꾼 중 하나일 뿐,
아랍이니 이슬람이니 무슬림이니
별종으로 여기지 않았다
별종이라면 오히려
돈을 좀 더 아끼려고
불법체류자든 난민신청자든
인건비가 싼 막일꾼을 찾는
자신일지도 모른다고
감귤 농장주 홍씨는 생각했다

감귤 농장주 홍씨도 오로지 살아보려고

일부러 제주를 찾아 들어온 외지인,
제주에서만 잘되는 감귤을 키워
돈을 벌려고 감귤 농장을 시작했었다
돈을 벌려고 막일을 하는
예멘인과 확실하게 다른 점이라면
국적이 한국이라는 점,
물론 한국에 재산이 있다는 점도
다른 점이라면 확실하게 다른 점이었다

# 돈이라는 문제 · 21

전쟁을 피해 제주에 온 예멘인
아흐마드 씨는 난민신청을 했다가
겨우 인도적 체류 허가를 받았다
이제 제주에서 한국 어디로든 가서
돈을 벌어도 괜찮은 신분이 되었다

아흐마드 씨는 제주 농장에서
지시받은 대로 노동했다
한국 어디에 간다 해도
회사에 다녔던 예멘에서와 같이
회사에 다닐 수는 없는 아흐마드 씨,
도시 공장에서도 지시받은 대로 노동하는
단순노동자일 수밖에 없었다

예멘에서도 알고 있었던 만고의 진리,
미래를 기약할 수 없을수록
돈이 있어야 살 수 있다는 말을
제주에 와서 뼈저리게 실감한 아흐마드 씨,

오로지 돈을 벌어야만
잘잘 곳과 먹을거리를 마련할 수 있었다
돈을 버는 방법은
제주에서와 다르지 않더라도
다만 좀 더 많이 벌어서
예멘에서 전쟁이 끝나면 돌아가겠다고
아흐마드 씨는 마음 다잡으며 서울로 갔다

# 돈이라는 문제 · 22

건고추를 담은 비닐부대를
풍물시장 바닥에 늘어놓고
응우옌 씨가 팔고 있었다
오일장을 도는 도매상들은
가격을 물어대며 흥정만 했고
도시에서 온 손님들은
가격을 물어본 뒤에
반드시 어느 나라에서 왔느냐고
호기심어린 얼굴로 더 묻고는
선뜻 몇 관씩 사갔다
건고추를 담은 비닐부대를
트럭 적재함에 가득 싣고
주차장에서 지켜보고 있던 남편은
응우옌 씨가 다 팔고 나면
재빨리 더 가져와 늘어놓았다
남편은 베트남인 아내가 팔고 있으면
높은 가격을 불러도 더 잘 팔린다는 점을 이용했고
응우옌 씨는 남편이 워낙에 농사를 잘 지어

물건이 좋아서 더 잘 팔린다고 생각했다
남편은 시세보다 더 받은 돈을
장날마다 따로 챙겨두었다가
농사철이 끝나면 응우옌 씨에게 주었다

# 돈이라는 문제 · 23

베트남에서 한국으로 시집온 이후로
응우옌 씨는 농사철이 끝날 때를 기다렸다
남편한테 용돈을 목돈으로 받아서
친정으로 송금할 수 있는 날이 다가오는 것이다

돈을 달라거니 주겠다거니 말하지 않아도
남편이 주는 대로 받는 것이 묵계로 굳어 있어
응우옌 씨는 마음이 편하였다
물론 풍물시장에 나가서
응우옌 씨가 도맡아 농작물을 팔아야 했지만
한국말을 알아들면서도 못 알아듣는 척
베트남 새댁으로 보이도록 몸짓하면
손님들이 의외로 후한 값으로 사갔다

남편은 미혼일 적엔 농사가 잘 안 됐고
시장에서 잘 팔지도 못해
집안 형편이 더 나아지지 않았다
베트남에서 응우옌 씨와 결혼하여

한국에 데려온 이후로는
남편은 자신이 봐도 놀랍도록 농사가 잘 되었고
아내가 풍물시장에서 팔기만 하면 너무나 잘 팔려서
해가 갈수록 살림이 쑥쑥 불어났다
아내 응우옌 씨에게 용돈을 목돈으로 주지 않을
재간이 남편에겐 없었다

# 돈이라는 문제 · 24

올해도 친정집에 다니러 온
부인 Y씨는 풍물시장에 들렀다

몇 해 전에 장바닥을 돌아다니다가
비닐부대에 담겨 있던 건고추를 발견하고는
값이 비싸서 흥정했었는데
상대방이 말귀를 영 알아듣지 못하였었다
살펴보니 앳된 베트남 새댁이어서
종이 쪼가리에 써 비닐부대에 붙여놓은 값을 다 건넸었다
부인 Y씨가 건고추를 사러
풍물시장에 왔었던 해마다
앳된 베트남 새댁이 애잔하게 보였었으나
그런 감정보다는 건고추 빛깔이 고운 게
돈값을 하는 걸로 보여 선뜻 샀었고,
과연 가루로 빻아 김장 때 써보았더니
적당히 맵고 달싹하니 맛이 있었었다
몇 해 전부터 친정집에 드나들기 시작한 부인 Y씨는
마음 한편으로는

베트남 댁이 언젠가 먼먼 친정집에 오갈 때
여비에 보탬이 되라고
건고추 값을 한 푼도 깎지 않았었다

올해도 부인 Y씨는 베트남 새댁을 찾아서
건고추를 사가지고 집으로 돌아갔다

# 돈이라는 문제 · 25

내가 돈을 벌지 못했을 때
변두리 4층 다가구주택 옥상에 서 있으면
즐비한 옥상 사이로 허공에 떠오르는
승용차들과 가게들이 보였다
돈이 없는 사람은 살 수 없는 것들이었다
돈이 없는 사람은 가질 수 없는 것들이었다
그리하여 돈을 벌기 위하여
남을 먼저 먹여 살리면서
자신이 나중 먹고사는 일을 택한 사람도 있다고
자신이 먼저 먹고살면서
남을 나중 먹여 살리는 일을 택한 사람도 있다고
나는 생각하다가 공허하여
허공을 올려다보곤 했다
누구도 돈을 벌지 못했을 때
승용차를 운전하여 직장에 가지 못하여
가게에 들어가 물건을 구매하지 못하여
돈을 벌려고 애썼을 거지만
전자에 속하는 사람이고자 했는지

후자에 속하는 사람이고자 했는지
아예 어디에도 속하지 못한 사람이었던
나는 속속들이 알 수 없는 실상들이었다
내가 돈을 벌지 못했을 때
변두리 4층 다가구주택 옥상에 서 있으면
즐비한 옥상마다 수많은 내가 서서
즐비한 옥상 사이로 허공에 떠오르는
승용차들과 가게들을 바라보고 있었다

# 돈이라는 문제 · 26

나에게 돈이 없었을 때,
원고지에 썼던 낱말들을
돈으로 환산하면
한 낱말에 얼마씩 될는지
계산해 보지 않았다

낱말들을 사용하여
생각과 느낌을 표현한 원고료를
돈으로 받기만 했고
낱말들을 사용한 사용료를
나는 누구에게도
돈으로 지불한 적이 없었다

낱말들이 공짜라는 사실이,
얼마든지 사용해도
잘 사용했든 잘못 사용했든
누구도 나에게
청구서를 내밀지 않는다는 사실이

내가 글 쓰며 살아내어서 받는
일생일대 보답으로 다가왔다

나에게 돈이 없었을 때,
원고지 한 칸 한 칸
한 자 한 자 썼던 낱말들,
나는 돈으로 환산하지 않았다

# 돈이라는 문제·27

노부부들이 도시에서 손수 운전하여
시골 풍물시장 오일장에 와서
먼저 마늘과 생강을 찾았다
따뜻한 봄까지 살아남을지 알 수 없어도
찬 겨울을 잘 나기 위해
저장해 놓고 먹을 김장김치를 담그려고
갓이니 쪽파니 새우젓이니 따위
양념거리를 세심하게 고른 뒤
노부부들이 흥정하여 값을 깎았다
생애 마지막 반찬을 준비하는 듯
좀 엄숙한 표정을 짓는 노부부들,
올해도 김장김치를 가지러
자식들이 오겠다 싶어
절인배추와 씻은 무는
이미 여유 있게 주문해 두었다
손주들에게 맛난 김치를 먹여야겠다는
속생각도 잠깐씩 하면서 양념거리도 조금씩 더 샀다
이것은 노부부들 스스로 의식하지 못한,

큰 돈 들이지 않고 자식들과 입맛을 유지하며
여생을 살아내려는 생존 전략이었다
매년 부모자식 간에 돈으로 환산하지 않고
살아있는 동안 주고받는 진정한 유산이기도 했다

# 돈이라는 문제 · 28

돈을 버는 재미,
돈을 모으는 재미,
돈을 쓰는 재미,
이 세 가지를 합하여
소위 돈맛이라고 말하고
흔히들 돈맛을 보면
돈에 환장한다고 말한다

그러고 보면 돈이란
인간에게 제 맛을 느끼게 하고
인간을 저에게 환장하게 하는 존재,
그런 존재를 인간이 쫓아가서
재미를 보려고 하는 건 인지상정,
그래서 더욱 돈은 가치를 높이려고
인간한테 벌리지 않으려고 하고
인간한테 모이지 않으려고 하고
인간한테 쓰이지 않으려고 한다

여하튼 평생 동안 별로

돈을 벌고 싶지 않았고

돈을 모으고 싶지 않았고

돈을 쓰고 싶지 않았던 나는

돈을 버는 재미,

돈을 모으는 재미,

돈을 쓰는 재미,

이 세 가지 재미를 알지 못해서

돈맛을 느끼지 못했다고 말할 수 있고

돈에 환장하지 못했다고 말할 수 있다

# 돈이라는 문제·29

내가 돈을 벌 수 있게 되었던 경우를
몇 가지 구체적으로 들자면
원고 청탁을 받았을 때
출판기획물을 수주했을 때
취직했을 때

내 일생에서
글 한 편을 써서 받았던 돈은
적은 소득,
어린이책을 구상하고 편집하여 받았던 돈은
부정기적 소득,
회사에 다니며 담당 업무를 하여 받았던 돈은
정기적 소득,

그래도 내 일생에서
적은 소득은 가치 있게 여겨져
책을 사는 데 썼고
부정기적 소득은 소중하게 여겨져

아들딸에게 용돈으로 주었고
정기적 소득은 안정하게 여겨져
아내에게 생활비로 건넸다
아무튼 먼저 국가에 세금을 낸 후에

내가 번 돈을 나는 모으지 않았다

## 돈이라는 문제 · 30

누가 어디에 가더라도
취업을 하고 임금을 받고 세금을 내면
주거지가 주어지는 세계 시민 사회가 있다면*
그곳에서 세금이란
자신이 내는 경우엔 알돈이고
자신이 받아쓰는 경우엔 눈먼 돈이라는
비루한 말이 생겨나진 않았을 것이다

국경을 넘으려는 중남미인들은
일을 하고 돈을 벌어서
가족과 함께 잠잘 집을 얻고
식탁에 둘러앉아 식사하고
자식을 학교에 보내 가르치기 위하여
기꺼이 세금을 낼 각오하는데도
국경을 봉쇄하고 있는 미국은
세계 시민 사회가 되고 싶지 않으려는 모양이다
내가 사는 한국도 경우가 좀 다르기는 해도
세계 시민 사회가 되고 싶지 않으려는 건 마찬가지,

난민 신청자들이 일을 하고 돈을 벌고 세금을 내려고 해도
난민으로 좀체 인정하지 않는 나라,
국민들 사이에선 비루한 말이 이렇게 생겨나 있다
자신이 내고 싶지 않아도 내야 하는 돈이 세금이고
자신이 내고 나면 쓰일 데를 알려고 해도 자신은 알 수
없는 돈이 세금이다

한국에서 태어난 나는 세금을 내고도 한국에서 한 생애
겨우 살아냈다
정기적으로 봉급을 받던 직장인이었을 때도
부정기적으로 대가를 받던 자유직업자였을 때도
수시로 원고료를 받던 시인이었을 때도

---

\* 나의 시 「가짜 난민」(『제주 예멘』)에는 이런 구절이 있다. "더욱이나 금세기는 누가
어느 나라에 가더라도 / 일을 하고 돈을 벌고 세금을 내면 거주할 수 있는 / 세계
시민 사회가 되어야 한다는 신념을 가진 나로서는"

# 돈이라는 문제 · 31

병들고 가난한 사람이
몇 백만 원을 남겨놓고
자살했다는 소식을 듣는다

한 끼 두 끼 거르며 쌀값을 아끼고
폐지를 주워 팔아 한 푼 두 푼 모은 돈을
장례비로 써 달라는 유언을 쓰기까지
안 먹어서 병을 치유할 수 없었을 것이고
일자리가 없어서 가난에서 벗어날 수 없었을 것이므로
죽을힘을 다해 죽음을 위해 아꼈을 것이고
죽을힘을 다해 죽음을 위해 모았을 것이다

저승 가는데 필요한 돈이란
예전엔 산 자들이 스스로
죽은 자의 상여에 꽂아주던 노잣돈으로만 알았는데
요즘엔 죽은 자가 스스로
산 자들에게 남겨줘야 하는 장례비로 알게 되면서
아직 나는 시를 써서 원고료를 받을 수 있는 나이,

저승 가는데 필요한 돈을 추산하여
우선으로 마련해 두려고 한다

# 돈이라는 문제·32

받은 유산이 없다, 나는
어머니아버지한테서 유산을 받지 못했다
돈으로 환산할 수 있는 그 무엇도

받은 유산이 있다, 나는
어머니아버지한테서 유산을 받았다
돈으로 환산할 수 없는 그 무엇을

어머니아버지는 나에게
겨울철 배고파 찾아오는 야생고양이에게
먹이를 주며 대화해보려는 마음은 물론
봄철에 작은 씨를 뿌리는 일보다
너른 텃밭을 뒤집는 일을 잘할 수 있는 기운은 물론
여름철에 햇볕과 그늘에 들고나면서
가뭄에도 잎 푸른 식물의 속내를 헤아리는 상상력은 물론
가을철에 알뜰히 거두어들이는 부지런함보다
더러더러 알곡을 내버려두는 게으름까지
유산으로 물려주셨다

그러고 나서, 어머니가 미안하셨을까? 아버지가 찜찜하셨을까?

　이런 시를 쓰는 감각을 나에게 덤으로 주셔서

　원고료와 인세라는 돈을 받을 수 있게 하셨다

# 돈이라는 문제 · 33

아내가 산에서 캐어 마당귀로 옮겨 심은
산국이 피운 꽃송이,
원가를 알아보려고 궁리해도
계산하는 방식을 알 수 없네

한 송이 꽃이 피는 데
인간이 관여했다면
인건비를 포함시켜야 하지만
돈으로 환산할 수 없는 원료,
즉 햇빛과 공기와 그늘을
꽃집에서는 꽃값에 포함시킬까

살아 있는 꽃을 팔고사기 위해
원가를 산출해 내는 사람에겐
신이 계산력을 부여했다고 할밖에 없네

우리 집 마당귀에 자란 산국을
이웃집에서도 마당귀에 키우고 싶어 하면

아내는 캐어서 그냥 심어주었네

# 돈이라는 문제 · 34

수도권 농촌 마을에서
홀로 사는 노파들은 저마다
해 뜬 후 집에서 나와
해 지기 전 집으로 돌아간다
여름철과 겨울철엔 노인정에서
서로 속내를 감추면서
낮잠 자거나 텔레비전 보다가
집에서 나올 때, 집으로 돌아갈 때
논밭과 야산을 바라다보면
논밭농사 지을 일이 줄어들어
산나물 캘 일이 줄어들어
마음이 그리 가벼울 수 없다
사지삭신 안 아픈 데가 없는 노파들은
장년의 아들딸들이 번갈아 찾아와
시큰둥하니 눈치나 슬슬 보면
어렸던 아들딸들을 키우기 위해
억척스레 일하여 장만했던
논밭과 야산의 지가가 너무나 올라

한 떼기씩 팔아서 한 자락씩 팔아서
목돈을 주어버렸다
그래놓고는 철마다 전기료와 등유 값을 아끼려고
여름철엔 에어컨 틀고 겨울철엔 보일러 트는
노인정에서 종일 몸 편하게 지낸다

# 돈이라는 문제 · 35

조씨는 고향집에 이따금 다니러 간다
정확하게 말해 돈이 궁할 때 찾아간다
연로한 부모님도 짓지 않는 농사를
이어갈 생각이 전혀 없는
조씨도 이제는 늙어가고 있다
지지리 궁상이라는 말이 딱 어울리는
퇴락한 고향집에서 연로한 부모님이
애면글면 부쳐 먹은 논밭,
땅값이 많이 올라 있다
조씨가 사는 서울에서 한두 시간 걸리는 시골,
연금 받는 은퇴자들이 전원주택을 지어 산다
조씨는 시골을 떠나 서울에서 밥벌이하느라
젊어선 이곳저곳 공장을 전전하고
중년엔 이런저런 자영업 하다가 말아먹고
초로에 들어 경비원으로 일하는 동안,
한 번도 귀향을 고려해본 적 없다
고향집 방 안에서 들리던 솔바람소리도
고향집 처마 아래로 들어오던 햇볕도

고향집 마당에서 바라보이던 노을도
다 기억에 없는 조씨,
연로한 부모님이 돌아가시면
논밭을 팔아치워 큰돈 만들 궁리만 한다
서울에서 은퇴자들이 팔고 떠나는 아파트 고층에
향이 좋은 한 채 사서 들어가고 싶은 욕심밖에 없다

# 돈이라는 문제 · 36

소위 소액투자자로 분류되는 M씨는
아침 9시 증시 개장 시각 직전
식탁 앞에서 책상 앞으로 출근한다
M씨는 자신의 원룸에서
증권회사 매매 사이트 모니터를 응시한 채
주가가 오르고 내릴 주식을 예측하면서
사자 주문과 팔자 주문을 낸다
M씨가 주식을 매입한 회사 주가는
미국대통령의 관세 인상 발언에 폭락하고
M씨가 주식을 매도한 회사 주가는
특허를 출원하였다 해서 폭등한다
M씨가 긍정적으로 지켜보던 대기업 ㄱ에선
비정규직 노동자들의 저임금을 외면하여
귀족노조로 조롱받던 노동조합이
정규직 노동자들의 연봉 인상을 요구하며 파업하여
갑자기 주가가 하한가로 내려앉고
M씨가 부정적으로 지켜보던 대기업 ㄴ에선
배임죄로 기소된 대주주가 무죄 판결을 받아

득의만면하게 재판정을 나오자
갑자기 주가가 상한가로 올라간다
어제 대기업 ㄴ의 주식을 팔아서
대기업 ㄱ의 주식을 샀던 M씨는
오늘 어딘지 모를 곳으로 날아가 버린
자신의 돈을 계산하면서 자신을 위로한다
나만 적자났나? 주주 모두 적자났잖아.
오후 3시 30분 증시 마감 시각 직후
M씨는 책상 앞에서 식탁 앞으로 퇴근한다

# 돈이라는 문제 · 37

부자들이 드리는 기도와
빈자들이 드리는 기도를
하나님은 공평하게 듣지 않을 것이다
부자들이 드리는 기도는
자신들의 많은 돈으로 빈자들을 돕지는 않고
하나님께서 구해달라는 부탁일 것이고,
빈자들이 드리는 기도는
자신들이 먹을 양식이 부족하니
돈을 조금 더 벌 수 있게
하나님께서 도와달라는 소망일 것이므로
아마도 하나님은
빈자들이 드리는 기도에 귀를 기울이실 것이다
그러나 하나님은 인간을 창조했지
돈을 창조하지 않은 분이어서
왜 돈이
부자들에게는 가고
빈자들에게는 안 가는지
정말로 잘 모르셔서

추측컨대,

누구의 기도에도 응답하시지 않을 것이다

# 돈이라는 문제·38

내가 일본을 통째로 살 수는 없어도
쪼끔 살 수 있는 방법을 궁리해본다
은행 환전 창구에 가서
원화를 지불하고 엔화를 사면 되지 않을까
1천원을 지불하고 100엔을 사는 것이다
1만원을 지불하고 1,000엔을 사는 것이다
10만원을 지불하고 10,000엔을 사는 것이다
엔화는 일본의 통화 자산,
발상이 좀 황당하기는 해도
내 능력으로 일본을 살 수 있는
최소한의 방법이 아니라고 할 순 없다
만약 내가 엔화를 한 푼도 남김없이 사들인다면
일본인들은 차비를 낼 수 없어 여행할 수 없게 되고
식료품을 구입할 수 없어 식사를 할 수 없게 되고
집을 양도양수 할 수 없어 이사를 할 수 없게 되므로
마침내 일본이 나의 소유가 되지 않을까 공상하지만
역으로 일본인들이 원화를 한 푼도 남김없이 가지게 되므로
한국인들은 차비를 낼 수 없어 여행할 수 없게 되고

식료품을 구입할 수 없어 식사를 할 수 없게 되고
집을 양도양수 할 수 없어 이사를 할 수 없게 되므로
마침내 한국이 일본인들의 소유가 되지 않을까 공상하지만
다만 다행하게도 나에겐 그만한 원화가 없다

# 돈이라는 문제 · 39

한두 푼의 돈도
손으로 세어서 건네면
손으로 세어서 받는다

돈을 세는 방법이
원화를 가진 한국인과
달러화를 가진 미국인이 다르지만
모두 손으로 센다는 점은 같다

내 어릴 적 할아버지는
돈을 센 후엔 반드시
물에 손을 씻었다
셀 수 없이 많은 사람의 손을 거쳐 가며
셀 수 없이 많은 사람의 운명을 바꾸었다고

이제 나는 벌지 않아
돈을 셀 일도 없는 노인,
물에 손을 씻다가 문득 생각한다

내 손을 거친 돈이
내 운명을 바꾸어 놓았는지
다시 누구의 손을 거치면서
누구의 운명을 바꾸어 놓았는지

# 돈이라는 문제 · 40

돈을 지니지 않으셨던 부처님께선
불전함에 돈을 넣고
부자 되게 해달라고 비는 자들을
어떻게 여기실까

돈을 지니지 않기 위해
탁발하여 배고픔을 면하셨던 부처님께서는
빈자들에게 돈 벌게도 못해주는데
돈을 더 벌게 해달라고 비는
부자들이 딱하시겠다

부처님께서 살아계셨던 시절에는
돈이 만들어지지 않아서
모두 돈을 필요로 하지 않았지만
부처님께서 돌아가신 후에
돈이 만들어져서
모두 돈을 필요로 한다고
부자들이 말할는지 모르겠다

아무려나 생전에 써야 할 데가 없어서
돈을 잘 모르셨던 부처님께서는
불전함에 들어온 돈에 대해서
사후엔 더욱이나 관심이 없으시다

상추씨를 사서 뿌리고 흙을 덮은 이웃 고씨는
비가 와서
싱싱하게 상추 잎이 돋아나면
상추 잎이 돈을 벌어주는데도
비가 돈을 벌어다준다고 비에게 고마워하다가
오이모종을 사서 내고 섶을 세운 이웃 고씨는
햇볕이 나서
줄기가 뻗어 오르고 오이가 열리면
오이가 돈을 벌어주는데도
햇볕이 돈을 벌어다준다고 햇볕에게 고마워하다가
사과나무를 사서 심은 이웃 고씨는
바람이 불어서
나뭇가지가 흔들리는 동안에 사과가 익으면
사과가 돈을 벌어주는데
바람이 돈을 벌어다준다고 바람에게 고마워하다가
자신이 돈을 들인 상추씨와 오이모종과 사과나무가
자신에게 돈을 벌어주는 것은 당연한 이치이고
자신이 돈을 들이지 않은 비와 햇볕과 바람이

자신에게 돈을 벌어다주는 것은 비상한 사실이라고
이웃 고씨는 결론한다

# 돈이라는 문제·42

월급이 봉투에 넣어져 나오던 시절,
결혼 후 취직한 첫 직장에서 받았던 첫 월급,
나는 세상에 태어나 처음 번 돈을
아내에게 건네는 방법을 몰랐다

바깥일해서 돈을 벌어다주는 남편,
돈을 받아 살림살이하는 아내,
남편이 월급을 받아서
아내에게 건네는 행위가
남편과 아내라는 두 낱말을
부부라는 한 낱말로 바꾸어주는
여러 행위 중 하나인데도
물건 값 낼 때처럼 당당하게 주기가 멋쩍었고
빌린 돈 갚을 때처럼 미안해하며 주기가 민망했다

더군다나 월급봉투를
서로 뺨을 감싸기도 했던 손으로
서로 맞잡고서 길을 걷기도 했던 손으로

주고받기가 너무 어색하고 낯설어
아내가 아침저녁 사용하는 화장대 서랍에
나는 가만히 넣어두었다
돈을 벌기 전엔 부모님한테 얻기만 했던 돈,
돈을 벌기 전엔 나 자신을 위해 쓰기만 했던 돈,
나는 월급으로 생을 이어갈 수 있도록
평생 동안 직장을 다니지는 않았다

# 돈이라는 문제·43

채소 종자를 여러 가지 사고
농기구를 여러 개 사고
퇴비를 여러 포대 샀다

식재료를 친환경으로 값싸게 마련하여서
식비를 덜 들이려던 계획은
반년도 채 가지 않았다
채소는 벌레가 갉아먹어 농약 값이 더 들었고
농기구를 잘못 다뤄 탈나서 병원비가 더 들었고
퇴비는 별 효과 없어 화학비료 대금이 더 들었다

시골생활이 도시생활보다
생활비가 아껴지지 않았다
직장을 다녔던 나 같은 사람에겐
농사를 지어 자급자족하기보다
회사에 취직하여 받은 봉급으로
식료품을 사다 먹으면 절약되는데,
도시에선 나를 필요로 하는 일이 없었고

시골에선 내가 필요로 하는 일이 있었다

돈이 되지 않는 일, 즉

아침저녁 찾아오는 야생고양이들에게 사료를 챙겨주는 일

하루 종일 날아서 들고나는 꿀벌들에게 꽃밭을 가꾸어 내주
는 일

행인들이 지나가다가 고개를 빼어 마당을 들여다보고 싶도
록

쥐똥나무를 울타리로 촘촘하게 심어 높다랗게 키우는 일

# 돈이라는 문제·44

문학상에는 돈이 주어진다
좋은 작품을 쓴 문학가에게
상금을 줌으로써 평가한다
작품성에 대한 가치는
평자들의 비평에 의해 부여되기도 하다가
독자들의 구독에 의해 확인되기도 하다가
문학상의 상금으로 환산되기도 한다
한국에선 돈을 벌기 위해 글을 쓴다고
고백하는 문학가도 별로 없고
한국에선 상금이 많은 문학상 수상자가 되면
거부하는 문학가도 별로 없다
상금액이 클수록 권위가 서는 문학상,
노벨문학상을 보라!
세계에서도 돈을 너무 많이 준다 해서 거부한 문학가가
없다
문학가는 돈에서 자유롭지 않다
좋은 작품을 쓰는 문학가에게
큰돈이 주어지는 것이 맞다면

돈이 좋다고 말하지 않을 수 없다

좋은 작품은 좋은 돈이라는 등식이 가능해진다(이 시의 화자는 가능해진다고 진술해도 이 시를 쓴 시인인 나는 가능하다는 걸 부정한다.)

# 돈이라는 문제 · 45

마을에 홀로 사는 노파는 해마다
봄철엔 앞산 등성이를 오르내리며
산나물을 뜯어 장에 내다 팔고
가을철엔 앞산 등성이를 오르내리며
도토리를 주워 장에 내다 팔아
돈을 모아서 장롱에 숨겨놓았다

노파가 치매에 걸려 농사일하지 않고
아무 때나 앞산 등성이만 오르내리니
외지에 나간 자식들이 찾아와서
장롱에 숨겨진 돈을 찾아내고는
앞산 골짝에 자리한 요양병원에 입원시켰다

노파는 날마다 병실에서
앞산 등성이를 바라보다가
산나물을 뜯는 봄철과
도토리 줍는 가을철이면
어김없이 정신이 돌아와서

젊었던 날부터 저기서

산나물을 뜯고 도토리를 주워서

장에 내다 팔아 번 돈으로

자신이 입원해 있다는 걸 알아차리곤 했다

# 돈이라는 문제·46

세상에 있는 모든 동식물이
인간에게 주어지면
모두 다 가격이 매겨진다
세상에 있는 모든 동식물이
시인에게 주어진다고 해서
모두 다 의미가 붙여지진 않는다
인간의 돈이 시인의 시보다
힘이 세다고 말하지 않을 수 없다
국어사전에도
금력金力이라는 낱말은 있어도
시력詩力이라는 낱말은 없다
한문을 썼던 봉건시대에도
돈의 힘은 인정했어도
시의 힘은 인정하지 않았다
하기는, 한글을 전용하는 요즘도
먼저 시를 써 보내야
나중에 돈을 주지
돈을 먼저 주고

나중에 시를 써 보내라는 덴 없다

# 돈이라는 문제 · 47

나는 돈 계산을 잘하지 못해
외출했다가 귀가하는 날이면
주머니가 볼록하다
혼자 물건을 사거나
여럿이 음식을 먹고 나서
주인이 계산한 값이
맞는지 틀리는지조차
제대로 파악하지 못해
건건이 부르는 액수보다
많게 지폐를 내고는
거스름돈을 받는 것이다

신용카드가 널리 쓰이면서부턴
나는 더욱 돈 계산을 잘하지 못해
다달이 청구서를 받고 나서야
내가 쓴 금액을 안다

돈 계산을 잘하지 못하는 나는

다만 노동하고 휴식하도록

돈이 따라다니면서

스스로 계산하고 스스로 지불함으로써

돈을 벌기 위해 또 돈을 쓰기 위해

돈 계산하며 살아가는 방식을

내가 버릴 수 있게 해주기를 바란다

# 돈이라는 문제·48

내가 어렸던 1960년대
미 8군사령부 언저리 동네에
먼 친척 누나가 살았다<sup>*</sup>

육이오전쟁에서 공산당을 물리치고
남한을 지켜준 미국에서 온 구호품을 받았고
양키시장에 가면 미군에서 빠져나온 비싼 물건을
돈 많은 사람들이 사던 광경을 봤던 영향으로
잘사는 미국으로 가기만 하면
누구나 다 잘살게 된다고
어린 내가 믿었던 시절,
아비는 게으르고 주먹질하는 술주정뱅이고
어미는 부지런하나 성격 순하고 약질이라
막일도 할 수 없어
돈 한 푼 구경하기 어려웠던 집안에서
학교도 제대로 다니지 못했던 먼 친척 누나가
미군병사와 결혼하여 미국으로 갔다는 소식을 듣고
이제 돈 걱정하지 않겠다 싶었다

키 작은 먼 친척 누나와 키 큰 미군병사가
나란히 걸어가는 도시 번화가를 그려보았을 뿐
미국에도 돈 없는 사람이 많다고 생각하진 못했고
일 년에 한두 번씩 아비어미에게
몇 달러씩 보내온다는 소식을 전해 듣곤 했다
미군병사가 게으르고 주먹질하는 술주정뱅이면
부지런하나 성격 순하고 약질인 먼 친척 누나가
막일하기도 쉽지 않다는 걸
어린 나는 상상조차 하지 못했다

---

\* 나의 시 「늙은 코리안 아메리칸」(『제국』)에 그려진 '누나'와 동일인이며, 그 시에
이런 구절이 있다. "진외가 먼 척 누나는 가난하여 / 미군부대 주변 동네에 살다가
/ 흑인병사와 연애하여 미국으로 이주하였다 / 내가 들은 소문으로는 이따금 / 친정어머
니에게 오 달러나 십 달러짜리를 편지 속에 넣어서 보내온다는 것이었다"

# 돈이라는 문제 · 49

C씨는 돈을 벌지 않은
사람으로 살았다
아니다
돈을 벌지 못하면서도
C씨는 시인으로 살았다

습작기 시절엔 아버지에게 빌붙어
용돈을 쓰며 시를 썼고
신인 시절엔 아내가 직장 다니며 번
봉급을 쓰며 시를 썼고
중견 시절엔 지인이 심사한 문학상
상금을 쓰며 시를 썼고
원로 시절엔 아버지가 물려준
유산을 쓰며 시를 썼다

그런 C씨의 생을
자식의 일생이라고 한다면 너무나 불운이었고
가장의 일생이라고 한다면 너무나 행운이었다

그런 C씨의 생을

시인의 인생이라고 한다면 너무나 불가사의였다

시집을 여러 권 냈어도 모두 초판 1쇄밖에 팔리지 않은

C씨라는 사람에게 돈복이 있었다고 말할밖에

# 돈이라는 문제 · 50

새벽에 집에서 나와
버스나 지하철을 타거나
번갈아 환승하는 사람들은
돈을 별로 벌지 못한다*
손깍지를 끼고 앉거나
팔짱을 끼고 앉아
어둠도 불빛도 필요 없는
상상을 하는 사람들,
햇빛도 눈빛도 필요 없는
무념을 하는 사람들,
버스나 지하철을 타거나
번갈아 환승하여 머얼리
돈을 벌러 가는 새벽길,
아스팔트길을 앞으로 끌어당기면서
길바닥에 떨어진 낙엽을 뒹굴게 하고
철로를 뒤로 밀어내면서
지하에 가라앉은 소리를 일으키지만
사람들은 돈을 얼마나 벌지

확신할 특별한 건이 없다
바깥풍경을 볼 수 없는 시각,
책을 꺼내 읽을 수 없는 시각,
사람들을 태워 옮기는 버스나
사람들을 실어 나르는 지하철이
먼저 돈을 벌기 시작한다

* 김성규의 시 「돈」에는 이런 구절이 있다. "돈 벌러 새벽에 일어나 버스를 타고
  지하철을 탄다"

# 돈이라는 문제 · 51

스승이 시를 써서 무엇을 누리거나 얻으려 하지 말라고*
나에게 충고했을 때,
당시엔 젊어서
그 무엇으로 명성을 암시했다고 여겨져서
W선생을 뵈면 옷깃을 여몄으나
나이 들어가면서
그 무엇으로 돈을 암시했다고 짚이어서
W선생을 차츰 멀리했다

시인인 내가 정말
명성을 누려서도 안 되고
돈을 얻으려고 해서도 안 되는
생의 엄격한 자세를 지키려고 노력했던 수십 년,
교수인 W선생은 정작
여기저기 잡문 쓰고 강연하러 다니며 이름을 알렸고
원고료니 강연료니 챙기면서
생의 소소한 즐거움을 누렸다

W선생은
정년퇴직하고 나서
다달이 받는 연금액이
현직에서 받던 월급에 견주면
절반도 되지 않는다며
헛웃음을 웃었고
별 볼 일 없는 자리가 주어져도 고맙게 맡고
적은 수고비도 흡족하게 받았다

* 나의 시 「초겨울」(『쥐똥나무 울타리』)에는 이런 구절이 있다. "스승께서 시를 써서 무엇을 누리거나 무엇을 얻으려고 하지 말라 하시자, 찬 서리가 내 가슴을 문질러댔다."

# 돈이라는 문제·52

다달이 국민연금을 받아
목숨을 이어가는 호구지책이 있어
귀촌인 나는 텃밭에서 심심파적하고,
고구마 농사지어 추수철에 쥔 목돈을
다달이 나누어 쓰며
목숨을 이어가는 천직이 있어
토박이 허씨는 농지에 전력투구한다
연간 소득을 터놓고 비교하지 않아도
토박이 허씨가 귀촌인 나보다 더 번다는 걸
서로 알고 있다
나는 삽으로 뒤집는 텃밭에
나물 씨를 뿌렸다가
혼자서 뽑아 먹고,
토박이 허씨는 트랙터로 가는 농지에
고구마 순을 심었다가
일꾼을 여럿 구해서 캔다
이렇게 두 눈으로 볼 수 있는 사실만으로도
피차 한 해 수입을 단번에 추측할 수 있다

더구나 해마다 오르는 금액이
토박이 허씨의 지가가 귀촌인 나의 국민연금보다 높아
토박이 허씨는 귀촌인 나를 안중에 두지 않는다

# 돈이라는 문제 · 53

시 잡지사에서 원고 청탁하면서
전제하는 조건 중에
원고료와 관련하여
편당 얼마를 주겠다는 경우와
일 년치 정기구독으로 갈음하겠다는 경우가 있다
나는 현금과 현물의 지급방식에서
이전엔 현금을 선호했고
요즘엔 현물을 선택한다
궁하지 않아서가 아니라
원고료가 값싸다는 생각이 들고 나서인데
정기구독 시 잡지가 값비싸기 때문도 아니다
얼마의 현금이든 일 년치의 현물이든
시를 쓴 노동의 대가에는 합당하지 않지만
현금을 주겠다는 시 잡지사는 손실을 감당하겠다는 것이고
현물로 갈음하겠다는 시 잡지사는 손실을 줄이겠다는 것이
다
시 잡지가 팔리지 않는 시절에
전자보다 후자가 이익을 찾아가는 돈의 논리를 따르고 있어

멀리 보면 서로에게 더 이익이 될 수 있다는
좀 엉뚱한 생각이 들어서다
독자가 시를 읽지 않는 시절에
내가 독자가 되어 더 많은 시를 읽을 수도 있는 방법이다

# 돈이라는 문제·54

유리창문으로 바라보이던
야산 등성이를 이룬 나무들을
산주山主가 베어내고는
허공을 넓혀 놓았다

돈 주고 묘목을 사다 심은 산주가
노목을 베어내고 택지로 닦아 팔아서
돈 벌려는 속셈이라면
돈 들여 기른 나무들로 이루어진
야산 등성이를 내가 날마다 바라보며
즐겁게 감상했다는 사실을 알고는
관람료를 청구하려고 들까

야산을 사서 소유했던 산주는
자신의 허락을 받지 않고
잎에서 쉬던 햇빛에게도
가지 사이에서 멎던 바람에게도
껍질 속에 집을 짓던 벌레들에게도

자릿세를 받으려고 들까

내가 유리창문으로 바라보고 있으면
산주는 야산 등성이 위 허공도
자신의 재산이라고 주장하면서
나에게 구경 못하게 할지도 모르겠다

# 돈이라는 문제 · 55

나이 들어 농사일을 힘들어하는 김씨에게
밭에 묘목을 기르면 편하지 않겠느냐고
나는 공연히 알은척했다

김씨는 나를 쳐다보면서
우선 농사를 잘 지어야 농업인이라고 할 수 있지만
농작물을 팔지 못하면 농업인이라고 할 수 없다면서
자신에겐 묘목의 판로가 없다고 잘라 말했다

직업이 농업인인 김씨는
팔 데를 미리 염두에 두고 평생 농작물을 키웠고
직업이 시인인 나는
팔 데를 미리 염두에 두지 않고 평생 시를 썼다는 것을
새삼스레 생각하게 되었다

국어사전에서 직업이란
개인이 사회에서 생활을 영위하고
수입을 얻을 목적으로 한 가지 일에 종사하는

지속적인 활동이라고 해설했다

농업인은 직업이어도

시인은 직업이 아니다

김씨는 농작물을 키워서

해마다 살아갈 수 있을 만큼 돈을 벌었겠지만

나는 시를 써서

해마다 살아갈 수 있을 만큼 돈을 벌진 못했다

# 돈이라는 문제·56

모든 사람이 돈을 벌러 다닌다
돈이 생의 수단인 사람들도 있다
돈이 생의 목적인 사람들도 있다

나도 돈을 벌러 다녔다
직장을 다녀서 벌었고
시를 써선 벌지 못했다
내가 다닌 직장에 출퇴근한 사람들은
돈을 벌었고
내가 쓴 시에 등장한 사람들은
돈을 벌지 못했다

내가 다닌 회사에 출퇴근하는 사람들은 나에게
자신들과 함께 종일 모니터를 보며 노동하더라도
일중독자가 되지 말라고
자신들과 어슷비슷하게 일해서
연봉에 차이가 나지 않게 하라고
협조를 구했고,

내가 쓴 시에 등장하는 사람들은 나에게
자신들을 산으로 데리고 다니며
먼 산봉우리를 보며 허기를 느끼게 하지 말라고
자신들을 들로 불러내어
빈 논에서 벼이삭을 찾는 새들을 바라보게 하지 말라고
당부하였다

내가 벌었든
내가 벌지 못했든
나는 돈에게 나였고
돈은 나에게 돈이었다

# 돈이라는 문제 · 57

박씨는 바다와 바다 사이로
김씨는 돌멩이와 돌멩이 사이로
이씨는 길과 길 사이로
돈 벌러 도시에 왔다
각자 살아남으려고
옷을 찾아다니고
밥을 찾아다니고
잠자리를 찾아다니는 사이
돈이 생겨났다
이제 서로 살아남게 하려고
옷을 만들고
밥을 만들고
잠자리를 만드는 동안
박씨는 바닥을 들고 있느라
김씨는 돌멩이를 쥐고 있느라
이씨는 길을 붙잡고 있느라
돈을 벌지 못했다
박씨는 바닥과 바닥 사이로

김씨는 돌멩이와 돌멩이 사이로
이씨는 길과 길 사이로
돈 없이 도시를 떠났다
바닥은 평평해져서 비를 받았고
돌멩이는 뒹굴며 바람을 일으켰고
길은 반듯해져서 햇볕을 튕겼다
돈 없이 흩어진 각자는
비에 출렁거렸고
바람에 펄럭거렸고
햇볕에 헐떡거렸다
박씨는 바닥이 되어
김씨는 돌멩이가 되어
이씨는 길이 되어
도시로 다신 돌아오지 않았고
많은 돈만 도시에 남았다

# 돈이라는 문제·58

한 도시에서 돈은
뭉치기도 하고
흩어지기도 하고
헤쳐 모이기도 한다

수많은 내가 끼리끼리 일하고 물건을 살 땐
내화貨가 되어 폼 나게 쓰이고 싶은 돈,
수많은 네가 끼리끼리 일하고 물건을 살 땐
네화貨가 되어 폼 나게 쓰이고 싶은 돈,
수많은 그가 끼리끼리 일하고 물건을 살 땐
그화貨가 되어 폼 나게 쓰이고 싶은 돈,
돈은 한 도시에서 폼 나게 돈을 증식하여
수많은 내가 사는 지역에선 폼 나게 내화로 돌아다니다가
수많은 네가 사는 지역에선 폼 나게 네화로 돌아다니다가
수많은 그가 사는 지역에선 폼 나게 그화로 돌아다니다가
수많은 나와 수많은 너와 수많은 그가 한 도시에서 어울리자
우리화貨로 단일통화가 되어버린다

지역화폐로 통용되는 우리화는
더욱더 많은 나를 한 도시로 이주하게 해서
더욱더 많은 너를 한 도시로 이주하게 해서
더욱더 많은 그를 한 도시로 이주하게 해서
우리에게 분배되어 있다가
나와 너와 그에게 서로 지불되고
우리에게 회수되고 만다

돈이라는 문제

초판 1쇄 발행 2019년 07월 24일

지은이 하종오
펴낸이 조기조
펴낸곳 도서출판 b

등록 2003년 2월 24일 제2006-000054호
주소 08772 서울시 관악구 난곡로 288 남진빌딩 302호
전화 02-6293-7070(대) 팩시밀리 02-6293-8080
홈페이지 b-book.co.kr 이메일 bbooks@naver.com

ISBN 979-11-89898-05-2    03810

값_10,000원

* 이 도서는 한국출판문화산업진흥원 '2019년 우수콘텐츠 제작 지
  원' 사업 선정작입니다.
* 이 책 내용의 일부 또는 전부를 재사용하려면 저작권자와
  도서출판 b 양측의 동의를 얻어야 합니다.
* 잘못된 책은 구입한 곳에서 교환해 드립니다.